GW00367623

LES CHRONIQUES DE

SPIDERWICK

LE LIVRE MAGIQUE

LES CHRONIQUES DE SPIDERWICK

LIVRE PREMIER

Tony DiTerlizzi et Holly Black

LE LIVRE MAGIQUE

Traduit de l'anglais (États-Unis)
par Bertrand Ferrier

POCKET
jeunesse

Titre original :
THE SPIDERWICK CHRONICLES
The Field Guide

Loi n° 49-956 du 16 juillet 1949
sur les publications destinées à la jeunesse : mars 2004

© 2004, Pocket Jeunesse, département d'Univers Poche,
pour la traduction et la présente édition.

ISBN : 978-2-266-13845-1

Pour Melvina, ma grand-mère, qui m'a conseillé d'écrire un livre comme celui-ci, et à qui j'ai répondu : « Jamais de la vie ! »

Holly

Pour Arthur Rackham. Qu'il continue à en inspirer d'autres comme il m'inspire, moi.

Tony

Sommaire

Illustrations

Cher lecteur,

Tony et moi sommes amis de longue date. Enfants, nous partagions la même fascination pour le monde des fées ; mais nous n'avions pas compris jusqu'où elle pouvait nous entraîner ! Un jour, nous avions tous les deux rendez-vous pour dédicacer nos livres dans une grande librairie. À la fin, un libraire s'est approché de nous et nous a dit :

— Quelqu'un a laissé une lettre pour vous.

Tu as une copie de cette lettre sur la page de droite.

Intrigués, nous y avons jeté un œil. Nous avons rapidement griffonné un mot à l'intention des enfants Grace, et nous l'avons remis au libraire.

Peu après, on m'a livré un paquet, entouré d'un ruban rouge. Quelques jours plus tard, Mallory, Jared et Simon sont venus me raconter leur histoire — cette histoire que vous allez lire à présent.

Ce qui est arrivé ensuite ? Difficile à résumer ! Tony et moi nous sommes retrouvés plongés dans un univers auquel nous ne croyions plus depuis longtemps. Et nous avons compris qu'il existe bel et bien un monde invisible autour de nous.

Nous espérons, cher lecteur, que, grâce aux aventures des enfants Grace, tu apprendras à le découvrir et à l'apprécier.

HOLLY BLACK

Chère madame Black, cher monsieur DiTerlizzi,

Je sais que beaucoup de gens ne croient pas aux fées. Moi, j'y crois, et quelque chose me dit que vous aussi. J'ai lu vos livres, j'ai parlé de vous à mes frères, et nous avons décidé de vous écrire. Nous connaissons des fées. Des vraies. Et nous les connaissons bien.

Vous trouverez ci-joint une photocopie d'un vieux grimoire que nous avons trouvé dans le grenier de notre maison. Pardon si la photocopie n'est pas très belle : nous avons eu du mal à la faire !!!

Le grimoire raconte comment reconnaître les fées et comment se protéger d'elles. Nous avons pensé que vous pourriez donner ce livre à votre éditeur. Si cela vous intéresse, dites-nous où vous contacter en laissant un mot au libraire qui vous a donné cette lettre. Nous nous arrangerons pour vous faire parvenir l'ouvrage. Pas question d'utiliser la Poste : c'est trop dangereux.

Nous voulons que les gens soient au courant de ce qui s'est passé, car cela pourrait leur arriver aussi !

Bien sincèrement,

Mallory, Jared et Simon Grace.

DÉCHARGE

CAMPEMEN

PONT

DOMAINE
SPIDERWICK

RUE DE ROUNTREE

ROUTE DU LAC

BOSQUET

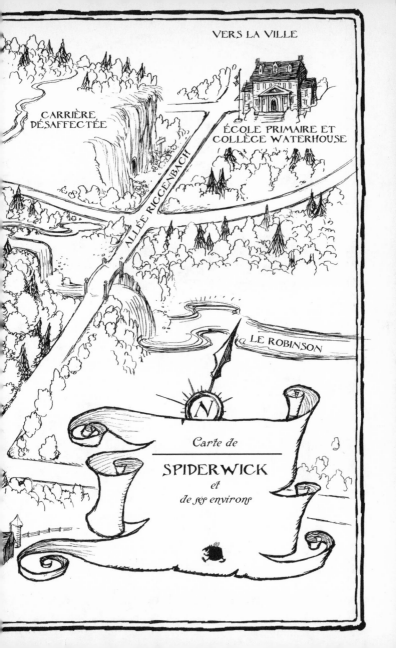

« On dirait une douzaine de cabanes empilées ! »

Chapitre premier

Où les enfants Grace découvrent
leur nouvelle maison

Si quelqu'un avait demandé à Jared ce que feraient son frère jumeau et sa sœur aînée quand ils seraient grands, il aurait répondu sans la moindre hésitation : « Simon sera vétérinaire. Ou dompteur de lion. Et Mallory ? Championne d'escrime. Enfin, si elle ne se retrouve pas en prison d'ici là pour avoir embroché quelqu'un avec son épée ! »

Par contre, si on lui avait demandé ce qu'il ferait, lui, plus tard… Mais personne ne s'en souciait. D'ailleurs, personne ne se souciait de lui. Par exemple, personne ne lui avait

JARED GRACE

demandé son avis sur la maison où il allait habiter avec Simon, Mallory et leur mère.

Or, Jared contemplait leur nouvelle demeure depuis un moment, et il était horrifié. Sur le toit, il y avait plusieurs cheminées reliées par une sorte de balustrade en fer. Elles formaient comme un grand chapeau ridicule et tape-à-l'œil. Jared se mit à loucher. Peut-être cette monstruosité serait-elle moins affreuse s'il la voyait floue.

— C'est pas une mai-
son : c'est une cabane !
grogna Mallory.

« Pas *une* cabane,
songea Jared. Plu-
tôt *une douzaine* de
cabanes empilées
les unes sur les
autres. »

— Tu exagères,
protesta Mme Grace
avec un sourire quel-
que peu forcé. Pense à
la chance que nous avons !
Nous allons habiter dans une
demeure historique : elle date de l'époque victo-
rienne[1].

1. C'est-à-dire du règne de la reine Victoria (1837-
1901).

17

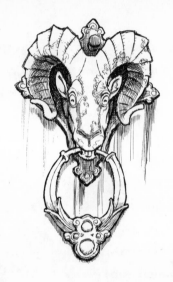

— Chic-chic-chic, grommela Mallory.

Simon, le jumeau de Jared, n'avait pas l'air choqué. Au contraire. Il devait penser aux milliers de lapins et de hérissons qu'il allait pouvoir élever sans que sa mère y trouve à redire !

— Tu viens, Jared ? lança-t-il à son frère, perdu dans ses pensées au milieu de la grande pelouse.

Jared le rejoignit devant la porte d'entrée grise, très abîmée par le temps. Elle n'était plus recouverte que par quelques traces de peinture vaguement crème. Dessus, en guise de heurtoir, était fixée une tête de bélier, qui tenait dans sa gueule un lourd arceau de fer.

Mme Grace introduisit une clef dentelée dans la serrure. Elle fit coulisser le pêne et donna un bon coup d'épaule. La porte s'ouvrit, dévoilant un couloir sombre. Son unique fenêtre donnait sur l'escalier. Peinte à la façon d'un vitrail, elle projetait un halo rouge sinistre.

— C'est exactement comme dans mes souvenirs ! commenta Mme Grace, ravie.

— En plus miteux, non ? demanda Mallory.

Pour toute réponse, Mme Grace se contenta de soupirer.

Le couloir conduisait à une salle à manger qui ne contenait, pour seul mobilier, qu'une immense table en bois. Dessus, les traces de verres avaient commencé de disparaître. Un nuage de poussière s'éleva quand Mme Grace eut l'audace d'y poser sa valise.

Le plafond en plâtre était fissuré par endroits. Au milieu, pendouillait un chandelier. Il ne tenait qu'à des fils électriques usés.

— Heureusement que votre grand-tante Lucinda nous a proposé ce refuge ! s'écria Mme Grace. Sans elle, je ne sais pas où nous aurions pu aller. Nous devons lui être reconnaissants.

Un lourd silence accueillit cette belle déclaration.

Malgré ses efforts, Jared ne se sentait pas reconnaissant. Loin de là. D'une façon générale, il n'était pas d'humeur à être reconnaissant. Reconnaissant de quoi, d'ailleurs ? Depuis que leur père était parti, sa vie allait de travers.

À l'école, il s'était battu – il en gardait un souvenir : un gros bleu au-dessous de l'œil gauche. Mais cette maison… cette maison… C'était encore pire que le reste !

— Et si vous rentriez les affaires qui sont dans la voiture ? suggéra Mme Grace.

Simon et Mallory obéirent. Jared les suivit en traînant les pieds. Sa mère le retint :

— Jared…

— Qu'est-ce qu'il y a ?

Mme Grace attendit que Simon et Mallory aient disparu dans l'entrée pour continuer :

— Nous avons une occasion rêvée de prendre un nouveau départ. Chacun de nous. D'accord ?

Jared acquiesça, la mine renfrognée. Il n'avait pas besoin que sa mère précise sa pensée : grâce au déménagement, il avait évité de justesse l'exclusion de son école. Encore une

raison, soi-disant, d'être « reconnaissant ».
Mais, décidément, non, il ne l'était pas.

— Vous savez quoi? dit Mallory aux garçons en sortant deux valises du coffre. Il paraît
qu'*elle* se laisse mourir de faim.

— Qui ça, Tante Lucinda? demanda Simon.

— Bof, c'est juste une vieille toquée, lâcha
Jared.

Mallory approuva:

— J'ai entendu maman parler d'elle au télé-
phone. Elle expliquait à Tonton Terrence que
Lucy ne mangeait pas la nourriture qu'on lui
donnait à l'asile. Il paraît qu'elle préfère celle
que lui apportent des « petits hommes ». Elle a
dit aux docteurs qu'il n'y avait rien de meilleur!

— Pfff… Tu racontes n'importe quoi ! lâcha Simon.

Il s'accroupit devant l'une des valises et l'ouvrit.

— Si elle meurt, continua Mallory, quelqu'un héritera de cette maison, et nous devrons redéménager.

— Peut-être qu'on retournera à New York, suggéra Jared, plein d'espoir.

— Dans tes rêves, oui…, répondit Simon en inspectant ses affaires.

Soudain, il poussa un cri :

— Oh, non ! Jeffrey et Citronnade ont fait un trou et se sont enfuis !

— Maman t'avait dit de ne pas amener tes souris, rétorqua Mallory. Elle t'avait promis que tu aurais des animaux *normaux*, maintenant.

— Je ne pouvais pas les laisser, expliqua

« Maman ? »

Simon, un doigt dans le trou d'une grosse chaussette. Elles auraient fini dans une tapette, ou pire… Et puis, pourquoi je ne les aurais pas prises ? Tu as bien apporté tes cochonneries pour l'escrime.

— Ce n'est pas des cochonneries, et, au moins, ce n'est pas vivant.

— Simon a raison ! intervint Jared. Toi, tu as tous les droits, et nous…

— Hé, monsieur N'a-qu'un-œil ! l'interrompit Mallory. Calme-toi si tu ne veux pas devenir M. N'a-plus-d'yeux-du-tout.

La jeune fille prit une grosse valise et la mit dans les mains de Jared :

— Tiens, porte ça à l'intérieur, puisque tu te crois si fort…

Jared accepta le fardeau. Un jour, il serait plus grand et plus costaud que sa sœur – elle n'aurait plus treize ans, il n'en aurait plus neuf.

Mais, pour l'instant, il avait du mal à imaginer ce moment délicieux…

Jared réussit à porter la valise jusqu'au seuil sans la faire traîner. Là, il n'eut plus qu'à la tirer. Personne n'y trouverait rien à redire.

Cependant, seul dans l'entrée, il ne se souvenait plus comment gagner la salle à manger. La porte donnait sur deux corridors qui s'enfonçaient dans les profondeurs obscures de la maison.

— Maman ?

Il n'avait pas voulu crier – ni appeler à voix aussi basse.

Il n'obtint pas de réponse.

Il avança d'un pas. Puis d'un autre. Soudain, il s'arrêta en entendant le plancher craquer. Aussitôt, il perçut quelque chose *dans* le mur. Un bruissement. Un raclement, qui sembla monter vers le plafond. Son cœur battait à grands coups.

« Un écureuil, pensa-t-il. C'était juste un écureuil. »

Pourquoi pas ? La maison avait l'air de tomber en ruine. Des animaux avaient très bien pu en faire leur logis. Avec un peu de chance, il n'y avait pas encore d'ours à la cave, ou de nids d'oiseaux dans les conduits de chauffage. Enfin, s'il existait des conduits de chauffage dans cette bicoque…

— Maman ? reprit Jared, d'une voix encore moins audible que la première fois.

Derrière lui, la porte d'entrée s'ouvrit. Simon arrivait, deux bocaux à la main, une souris dans chaque bocal. Mallory le suivait, le visage fermé.

— J'ai entendu quelque chose, leur annonça Jared. Dans le mur.

— Quelque chose ? répéta Simon. Quoi ?

« Un fantôme », songea Jared. Évidemment, pas question d'émettre une telle supposition.

— Je sais pas, préféra-t-il dire. Peut-être un écureuil.

Émoustillé, Simon scruta le mur couvert

d'un papier peint jaune tout gondolé (quand il n'était pas à moitié décollé ou carrément tombé en lambeaux par terre).

— T'es sûr ? demanda-t-il à Jared. Ici ? Dans la maison ? C'est génial ! J'ai toujours rêvé d'apprivoiser un écureuil…

Personne ne paraissait trouver curieux que l'écureuil soit *dans* le mur. Aussi Jared choisit-il de laisser tomber. Pourtant, en traînant sa valise derrière lui, il ne put s'empêcher de repenser à leur minuscule appartement new-yorkais. Ils y étaient tellement bien, avant le divorce… Si seulement ils pouvaient n'être ici que pour des vacances ! Si seulement ils n'avaient pas déménagé dans ce coin perdu *pour de bon* !

Le craquement réveilla Jared en sursaut.

Chapitre deuxième

Où deux murs sont explorés de deux manières, fort différentes l'une de l'autre

L e toit laissait passer la pluie par endroits, si bien que, à l'étage, le plancher était dangereusement vermoulu, sauf dans trois chambres. Mme Grace en prit une; Mallory s'attribua la deuxième; les garçons durent partager celle qui restait.

Quand ils eurent fini de déballer leurs affaires, les étagères et la table de nuit de Simon étaient jalonnées de bocaux en verre. Certains faisaient office d'aquarium à poissons; les autres servaient de maisons à une multitude d'animaux – souris, lézards et autres bestioles qui se terraient dans la vase.

Simon avait été autorisé à emporter tout ce qu'il voulait, excepté les souris, qui dégoûtaient sa mère. De justesse, il avait sauvé Jeffrey et Citronnade, piégés par Mme Levette, leur ancienne voisine du rez-de-chaussée. Mme Grace faisait donc semblant de ne pas remarquer que Simon lui avait désobéi.

Jared se coucha et se retourna sur son matelas bosselé. Il ne parvenait pas à trouver le sommeil. Dormir avec Simon ne le dérangeait pas. Au contraire. Mais dormir dans la même pièce que des animaux qui s'agitaient, couinaient et griffaient les parois de leurs cages était insupportable.

Les bruits des animaux rappelaient à Jared la chose qu'il avait perçue dans le mur. Quand ils habitaient New York, il partageait déjà sa chambre avec Simon et ses bestioles. Cependant, le passage des voitures, les hurlements des sirènes et les voix des gens étouffaient les sons que produisaient les petits protégés de son frère. Ici, tout devenait étrange...

Soudain, la porte de la chambre des garçons grinça. Jared crut mourir de peur. Sur le seuil, se dressait une silhouette diaphane aux longs cheveux noirs. Le garçon dégringola de son lit sans même s'en rendre compte.

— Ce n'est que moi, chuchota l'apparition.

Jared reconnut alors Mallory en chemise de nuit.

— Je crois que j'ai entendu l'écureuil dont tu parlais, souffla-t-elle.

Jared se redressa d'un bond. Simon, lui, continuait de ronfler tranquillement.

— Allez, dépêche-toi ! lui ordonna Mallory, les mains sur les hanches. Il n'attendra pas éternellement qu'on se décide à le capturer !

Jared se dirigea vers son jumeau et le secoua :

— Simon... Réveille-toi... Tu vas avoir un

nouvel animal… Tu m'entends ? Un nouvel animal pour toi…

Simon se tortilla en grognant. Il essaya de
s'enfouir sous ses couvertures. Mallory se mit à
rire.

— Simon ! insista Jared d'une voix pres-
sante. On va prendre un écureuil ! Tu te rends
compte ? Un écureuil !

Le mot magique fit aussitôt son effet. Simon
ouvrit de grands yeux sur son frère et sa sœur.

— Je dormais, murmura-t-il.

— Ben, réveille-toi, lança Mallory. Il est
huit heures. Maman est allée acheter du lait et
des céréales. Elle m'a chargée de vous sur-
veiller. On n'a pas beaucoup de temps : elle
revient bientôt…

Les trois enfants Grace s'avancèrent dans les couloirs obscurs de leur nouvelle maison. Mallory ouvrait la marche. Elle s'arrêtait tous les deux-trois pas pour écouter. On percevait parfois un grattement – et comme des pas à l'intérieur des murs.

Le bruit semblait s'accentuer au fur et à mesure qu'ils approchaient de la cuisine. Dans l'évier, Jared avisa le plat sale du gratin de macaroni qu'ils avaient mangé la veille au soir.

— Je crois qu'il est là, dit Mallory à voix basse en désignant un endroit au-dessus de l'évier. Écoutez !

Le raclement cessa totalement.

Mallory prit un balai en tenant le manche comme une batte de base-ball.

— Je vais faire un trou, annonça-t-elle.

— À son retour, Maman va hurler, pronostiqua Jared.

« Je vais faire un trou dans le mur ! »

— Elle ne saura pas que c'est moi, rétorqua sa sœur. Il y a des trous partout, dans cette maison.

— Et si tu touches l'écureuil ? protesta Simon. Tu risques de le blesser…

— Chuuut ! grogna Mallory.

Pieds nus, elle s'avança dans la cuisine sous le regard inquiet des jumeaux. Et elle frappa. Le coup transperça le plâtre, dégageant un nuage de poussière blanche.

— On dirait de la farine…, souffla Jared, ce qui lui valut un coup d'œil furieux de Mallory.

La jeune fille fit tomber un morceau du

mur. Jared s'approcha. Il avait la chair de poule.

Des lambeaux de vêtement apparurent dans l'ouverture. Mallory les jeta de côté, révélant à nouveau de drôles de trésors. Des bouts de rideaux. Des loques en soie et en dentelle. Des aiguilles plantées à l'horizontale de chaque côté du mur, avec une perle au bout – des mini-portemanteaux. Une tête de poupée, dans un coin. Des cadavres de cafards, suspendus en guirlande. Des petits soldats de plomb, mains et pieds fondus, étaient éparpillés de-ci de-là, comme s'ils avaient été fauchés au champ d'honneur. Des éclats de miroir qui jadis avaient été collés au mur.

Mallory glissa une main dans ce nid et attrapa une médaille d'escrime qui pendait au bout d'un fin cordon bleu.

— C'est à moi, ça ! s'exclama-t-elle.

— L'écureuil a dû te la voler cette nuit…, supposa Simon.

— Non, objecta Jared. Un écureuil ne volerait pas une médaille ! C'est trop bizarre !

— Dianna Beckley avait des furets, ils lui volaient toujours ses poupées Barbie, rétorqua Simon. Il y a plein d'animaux qui aiment les trucs qui brillent.

— Et des furets qui fabriquent des décorations avec des cafards morts, tu en connais beaucoup ?

— On n'a qu'à tout enlever, proposa Mallory sans les écouter. S'il n'a plus de nid, il sortira des murs, et on aura plus de chance de l'attraper.

Jared secoua la tête, pas convaincu. Il n'était pas très chaud pour mettre ses mains dans la maison de l'écureuil. L'animal pouvait être encore dans les parages et le mordre. Et puis, même s'il ne s'y connaissait pas beaucoup en écureuils, jusqu'à aujourd'hui il ne pensait pas qu'un nid d'écureuil ressemblait à *ça*.

— Je ne suis pas sûr que ce soit une bonne idée, dit-il.

Mallory ne se souciait pas de lui. Elle approchait une poubelle de l'ouverture. Simon entreprit de sortir les tas de vêtements en lambeaux.

— Il n'y a pas de crottes, insista Jared. Vous ne trouvez pas que c'est curieux ?

Simon jeta ce qu'il avait extirpé du nid et plongea de nouveau les mains dans le trou. Il s'empara des soldats.

— Ils sont super, hein ? lança-t-il à son frère en en mettant quelques-uns dans ses poches de pyjama.

Jared opina :

— Pas mal. Dommage qu'ils soient abîmés.

Simon ne réagit pas. Jared insista :

— Enfin, Simon, tu as déjà entendu parler d'animaux qui s'aménagent ce genre de cachette ? Moi, je trouve que ce n'est pas net. Pas net du tout. Cet écureuil doit être aussi fou que Tante Lucy.

— Oui ! Cet écureuil… est curieux !

Mallory gronda et fit signe aux garçons de se taire :

— Je l'entends.

— Quoi ?

— Le bruit. Chuuut ! Il approche !

Mallory s'empara du balai.

— Silence ! siffla Simon.

— Silence toi-même ! marmonna Mallory.

— Mais chuuut ! murmura Jared.

Les trois enfants se rapprochèrent de l'endroit d'où était parvenu le bruit. Et, à cet instant, celui-ci reprit. Différent. Ce n'était plus comme si de petites griffes grattaient le bois ; à présent, on aurait dit des ongles qui raclaient du métal.

— Hé ! Regardez ! s'exclama Simon en désignant une corde qui pendouillait près d'une porte carrée dans le mur.

— C'est un monte-charge, expliqua Mallory. Un truc qui servait aux domestiques pour apporter les petits-déjeuners à l'étage, par exemple. Il doit y avoir une autre ouverture là-haut.

— À mon avis, l'écureuil est dans le conduit, estima Jared.

Mallory ouvrit la petite porte et passa le haut du corps dans le mur.

— Je ne vois rien, dit-elle. Et c'est trop petit pour moi. Je ne peux pas me glisser dedans. L'un de vous va devoir y aller.

Simon n'était pas enthousiaste.

— Les cordes risquent de lâcher, souligna-t-il.

— Et alors ? Tu ne tomberais pas de très haut.

Les deux garçons la regardèrent, étonnés. Jared se décida :

— Bon, d'accord, j'y vais.

Il était ravi de faire quelque chose que Mallory était incapable d'accomplir. Visiblement, sa sœur était vexée de ne pas pouvoir monter elle-même. Quant à Simon, il avait juste l'air inquiet.

Jared entreprit de grimper dans la nacelle

improvisée. Le garçon replia les jambes et baissa la tête. L'endroit était sale et exhalait une odeur de vieux bois. Jared réussit à entrer, mais tout juste.

— Tu entends l'écureuil ? s'enquit Simon.

— Je sais pas, dit Jared doucement.

Ses mots se répercutèrent dans le conduit. Puis le silence revint.

— Non, je n'entends rien, ajouta-t-il.

Mallory tira sur la corde. Un petit sursaut, et la plate-forme s'éleva en bringuebalant. « Je monte, pensa Jared, tout excité. Je monte *dans le mur* ! »

— Tu vois quelque chose ? demanda Mallory.

— Non ! Il fait nuit noire, dans cette boîte !

Il perçut de nouveau le gratouillis de tout à l'heure, mais le bruit semblait lointain.

Mallory redescendit le monte-charge.

— Ne bouge pas ! ordonna-t-elle à Jared. Il

doit y avoir une lampe ou quelque chose dans le genre, par là.

Elle fouilla dans les tiroirs, trouva une bougie, l'alluma. Puis elle fit couler la cire chaude au fond d'un bocal à conserve pour y fixer la bougie et la tendit à son frère :

— Tiens, prends ça !

Simon intervint :

— Mallory, je n'entends même plus le bruit, est-ce que tu crois que...

— Il a dû avoir peur et se cacher, lâcha sa grande sœur en tirant sur la corde.

Et le monte-charge s'ébranla.

Guère rassuré, Jared tâcha de se tapir au fond de sa cachette. En vain : il était déjà compressé contre les parois ! Il aurait aimé arrêter là cette histoire, prétendre qu'il avait juste eu la frousse pour rien, que ça ne valait pas la peine de prendre des risques... Mais, serrant sa lanterne improvisée contre lui, il se tut et laissa Mallory le hisser dans l'obscurité.

Le monte-charge métallique poursuivit son ascension. La lumière de la bougie n'était qu'un faible halo. Même si l'écureuil avait été à côté de lui, assez proche pour le toucher, Jared ne l'aurait pas vu.

— Il fait tout noir, lança-t-il sans bien savoir si on l'entendait.

La montée était lente. Jared avait du mal à respirer. Ses genoux appuyaient contre sa poitrine. Il avait des crampes aux jambes : il les avait gardées pliées trop longtemps.

Soudain, il y eut une petite secousse, et le

monte-charge s'arrêta. Un grattement se fit entendre contre la boîte métallique.

— Je ne peux pas te hisser plus haut, annonça Mallory. Est-ce que tu vois quelque chose ?

— Non. L'appareil doit être coincé.

Le grattement était plus distinct, à présent. Plus insistant. Comme si *quelque chose* essayait de creuser un trou dans le panneau supérieur de la cabine. Jared poussa un cri et martela la paroi, en espérant effrayer la *chose*. L'instant d'après, le monte-charge grimpa encore de quelques centimètres avant de s'immobiliser face à une ouverture.

Jared réussit à s'extirper de la petite cabine, et il entra dans une pièce basse de plafond. L'endroit était nimbé par la lumière de la lune, qui tombait d'une petite lucarne.

— Ça y est ! cria-t-il. Je suis en haut !

Les murs étaient couverts de rayonnages sur lesquels s'alignaient des rangées de livres. Jared ne se souvenait plus d'avoir vu cette pièce, la veille, en visitant la maison. Il regarda autour de lui et constata, stupéfait, qu'*il n'y avait pas de porte*.

Tout d'un coup, Jared n'était plus certain de savoir où il se trouvait.

Jared balaya la piéce du regard.

Chapitre troisième

Où les énigmes se multiplient

Jared balaya la pièce du regard. C'était une petite bibliothèque. Au centre, un immense bureau. Sur le meuble, un livre ouvert et des lunettes rondes à l'ancienne, dans lesquelles se reflétait la lumière de la bougie. Jared s'approcha des étagères où s'accumulaient les livres. Le faible halo n'éclairait qu'un titre à la fois… mais quels titres ! *Histoire des nains écossais, Abrégé des voyages des farfadets à travers le monde, Anatomie des insectes et autres créatures volantes…*

Sur un bord du bureau, on trouvait aussi une rangée de bocaux en verre contenant des

baies, des plantes séchées, et même de simples
galets de rivière. Plus loin, Jared remarqua une
aquarelle représentant une petite fille et un
homme qui jouaient sur une pelouse. Puis les
yeux de Jared tombèrent sur un mot posé au-
dessus du livre ouvert. Une fine couche de
poussière recouvrait la note et le livre. Le
papier avait jauni avec le temps. Cependant, on
pouvait encore déchiffrer un étrange poème,
qui ne rimait même pas.

Jared s'empara de la feuille et la lut avec
attention :

> *C'est comme le torse d'un homme,*
> *et c'est là qu'est caché mon secret.*
> *Puisque le vrai est dans le faux,*
> *De ma gloire vous ouïrez parler*
> *Car rien ne la dépasse, ou presque !*
> *Bonne chance, mon cher ami…*

On aurait dit que le message avait été laissé

là pour lui. Mais par qui ? Et que pouvait-il signifier ?

Soudain, la voix de Mme Grace retentit au bas des escaliers :

— Mallory ! Simon ! Qu'est-ce que vous fabriquez ?

Jared poussa un grognement agacé. Évidemment, il fallait qu'elle arrive à ce moment-là !

— Il y avait un écureuil dans le mur, dit Mallory. Alors, on a essayé de…

— Où est Jared ?

Simon et Mallory ne pipèrent mot.

— Descendez ce monte-charge ! exigea leur mère. Je vous préviens, si Jared est à l'intérieur, ça va barder !

Jared courut vers le monte-charge… pour voir disparaître la boîte métallique dans le conduit. Sa bougie trembla sur son socle de cire, et la flamme vacilla. Heureusement, elle ne s'éteignit pas.

— Tu vois ? lança Simon, pas très fier de lui.

Plus bas, le monte-charge était apparu, vide.

— En effet, Jared n'est pas là, conclut Mme Grace. Alors, où est-il ?

— Je sais pas, marmonna Mallory. Peut-être dans son lit, en train de dormir.

Sa mère poussa un profond soupir :

— Allez vous recoucher, vous aussi ! Il est trop tôt pour vous lever !

Jared entendit sa sœur et son frère battre en retraite. Il leur faudrait un peu de temps avant qu'ils ne puissent le récupérer. À supposer qu'ils comprennent que l'étage supérieur n'était pas tout à fait « normal ». Dans le cas contraire, ils allaient avoir une drôle de surprise en constatant qu'il n'était pas dans son lit. Mais comment pourraient-ils deviner qu'il était piégé dans une pièce sans porte ?

Jared entendit un petit bruit derrière lui. Il se retourna en sursaut. Cela provenait du bureau.

Il souleva sa lampe et vit que quelque chose

« Qui... qui est là ? »

avait été inscrit dans la poussière du bureau. Quelque chose qui n'était pas là quand il avait regardé la première fois.

Abracadabra,
je suis là
et vous n'aimerez pas ça !

Jared sursauta. La bougie trembla. Une vague de cire chaude noya la flamme. Il se figea dans l'obscurité, paralysé par la terreur.

Il se colla contre le trou béant du monte-charge et se mordit la lèvre pour ne pas crier. À l'étage inférieur, il entendait le froissement des sacs en plastique. Sa mère déballait les provisions dans la cuisine.

— Qui... qui est là ? bégaya-t-il. Qui êtes-vous ?

Seul le silence lui répondit.

— Je sais que vous êtes là, bluffa Jared.

Mais l'intrus ne réagit pas. Et le bruit ne se répéta pas.

Jared entendit sa mère qui montait l'escalier. Une porte claqua. Puis plus rien qu'un silence si lourd, si oppressant que le garçon eut l'impression d'étouffer. Il n'osait presque pas respirer, de peur que la *chose* ne le repérât. À tout instant, elle pouvait surgir et se jeter sur lui.

Un craquement dans le mur. Paniqué, Jared laissa tomber son bocal à bougie… avant de se rendre compte que c'était le monte-charge qui arrivait.

— Grimpe ! souffla sa sœur dans le conduit.

Jared se glissa dans la boîte de métal. Quel soulagement ! Il fut dans la cuisine avant même de s'être aperçu qu'il descendait. Dès qu'il s'extirpa du monte-charge, Jared se lança dans le récit épique de ses aventures :

— J'ai vu une bibliothèque ! Une bibliothèque secrète avec des livres incroyables ! Et dans cette bibliothèque, il y avait quelque chose ! Quelque chose qui a écrit dans la poussière !

— Moins fort, Jared ! siffla Simon. Maman va nous entendre.

Jared tendit la feuille avec le poème :

— Regardez ça ! On dirait que ce sont des indices !

— Qu'est-ce que tu as vu ? demanda Mallory.

— Un message dans la poussière, qui disait : « Abracadabra, je suis là, et vous n'aimerez pas ça ! »

Mallory secoua la tête :

— Très utile ! En plus, quelqu'un a pu l'écrire il y a des siècles !

— Non, non, non ! J'ai vu le bureau avant, et il n'y avait rien de marqué dessus !

— Hé ! Ne t'excite pas comme ça !

— Mallory, je te jure, je l'ai vu !

Sa grande sœur l'attrapa par le col et lança :

— Calme-toi, Jared, cal-me-toi !

— Mallory ! Lâche ton frère immédiatement !

Mme Grace était à l'entrée de la cuisine, l'air très mécontent.

— Je croyais que le problème était réglé une fois pour toutes ! s'emporta-t-elle. J'avais dit dans vos chambres, non ? Alors, filez ! Si j'en vois un sortir de son lit, je l'enferme à clef, non mais !

Mallory relâcha Jared, le fixant d'un regard qui en disait long.

— Et si on a envie d'aller aux toilettes ? s'inquiéta Simon.

— Au lit, et pas d'histoires, grogna sa mère.

Jared et Simon montèrent dans leur chambre. Aussitôt, Jared se jeta sur son lit, se cacha sous ses couvertures et ferma les yeux.

— Je te crois, lui chuchota Simon. Pour le mot comme pour le reste…

Jared ne lui répondit pas. Trop heureux d'avoir retrouvé son lit, il lui sembla qu'il pourrait y rester une semaine entière.

« Coupe, maman ! Coupe tout ! »

Chapitre quatrième

Où l'on trouve des réponses, mais pas forcément aux bonnes questions

Quelques heures plus tard, Jared se réveilla en sursaut. Mallory HURLAIT.

Il bondit hors de son lit et se précipita dans la chambre de sa sœur. Et là… il découvrit un spectacle effrayant. Les longs cheveux de Mallory avaient été attachés aux barreaux du lit. Son visage était écrevisse. Et elle avait les bras couverts de bleus bizarres.

Mme Grace était assise sur son matelas, essayant de dénouer les cheveux.

— Que s'est-il passé ? demanda Jared.

— Coupe-les ! suppliait Mallory en sanglo-

HELEN GRACE

tant. Vite, coupe-les ! Je veux quitter ce lit, cette maison ! Je déteste cet endroit !

— Qui a osé faire ça ? grinça Mme Grace en fusillant Jared du regard.

— J'en sais rien, dit-il en se tournant vers Simon, qui venait d'apparaître dans la chambre.

Mais il savait. Du moins, il avait une idée : c'était sûrement la créature qui vivait dans les murs.

Mme Grace insista :

— C'est toi, Jared, hein ?

— Non, maman !

— Tu t'es disputé avec elle tout à l'heure !

— J'y suis pour rien, juré ! s'écria Jared.

Il était scandalisé qu'elle le crût capable d'accomplir un truc pareil. Bien sûr, il se chamaillait tout le temps avec Mallory ; mais ça n'était pas des disputes très graves. Alors que là…

— Coupe, maman ! reprit Mallory. Va chercher les ciseaux et coupe !

— Vous deux, dehors. Jared, nous aurons une petite discussion dès que j'en aurai fini avec Mallory.

Les garçons quittèrent la chambre de leur sœur, horrifiés par ce qu'ils venaient de voir.

— Tu crois que c'est la créature qui a fait ça, pas vrai ? murmura Simon.

— Et toi ?

Simon acquiesça.

— À mon avis, le poème que j'ai trouvé est

la clef de cette histoire, dit Jared. Nous n'avons pas d'autre indice…

— Un indice, ça? Alors, explique-moi en quoi ce poème stupide va nous aider!

Jared soupira:

— Aucune idée. Tu es censé être le cerveau de la famille. Alors, agite tes petites cellules grises!

Simon réfléchit avant de murmurer:

— Je ne comprends pas pourquoi il ne nous est rien arrivé à nous deux. Ni à nous, ni à maman.

Jared n'y avait pas pensé. Il dut reconnaître qu'il n'avait pas d'explication. Simon le dévisagea longuement.

— Bon, toi, qu'est-ce que tu en penses? demanda Jared.

Simon se dirigea vers le jardin:

— Je ne sais pas. Je vais attraper des criquets.

Jared le regarda s'éloigner. Sans son frère, il n'arriverait jamais à résoudre ce mystère. Soudain, une idée le frappa : après tout, pourquoi n'essayerait-il pas ?

Il réfléchit au poème :

C'est comme le torse d'un homme,
et c'est là qu'est caché mon secret.

Puisque le vrai est dans le faux,
De ma gloire vous ouïrez parler
Car rien ne la dépasse, ou presque !
Bonne chance, mon cher ami…

Chaque vers lui paraissait si mystérieux… Il y avait visiblement deux parties. La première était constituée de deux vers ; la seconde des trois suivants ; le dernier vers était un simple encouragement.

Jared hésita. Peut-être avait-il tort, au fond. Peut-être ce texte n'était-il pas un indice mais un vieil écrit bizarre qu'un ancêtre de la famille avait conservé. Peut-être le poème n'avait-il *rien* à voir avec ce qui était arrivé à Mallory.

Et peut-être qu'il avait quelque chose à y voir.

Comme Simon s'occupait de ses animaux et que Mallory était bloquée dans son lit, Jared était le seul à pouvoir enquêter pour le moment. Il n'avait plus qu'à espérer que le poème lui

L'expédition n'était pas sans danger.

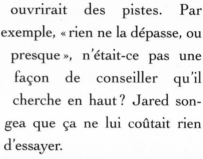

ouvrirait des pistes. Par exemple, « rien ne la dépasse, ou presque », n'était-ce pas une façon de conseiller qu'il cherche en haut ? Jared songea que ça ne lui coûtait rien d'essayer.

Il monta à l'étage et, de là, gagna le grenier. L'expédition n'était pas sans danger. L'escalier était en mauvais état. À plusieurs reprises, les marches craquèrent si fort que Jared craignit de les voir céder sous son poids.

Toutefois, il atteignit le grenier sain et sauf. C'était une grande pièce au plafond mansardé et au plancher percé d'un gros trou dans un coin. Le trou donnait sur l'une des chambres inutilisées.

De vieux vêtements étaient suspendus à une corde à linge accrochée aux deux extrémités du grenier. Çà et là, il y avait des abris à oiseaux retenus par des chevrons. Un mannequin de tailleur se tenait dans un coin, coiffé d'un cha-peau. Et, au centre de la pièce, se dressait un escalier en colimaçon. Le cœur de Jared se mit à battre à tout rompre quand il repensa au poème :

De ma gloire vous ouïrez parler
Car rien ne la dépasse, ou presque !

Or, rien ne dépassait ce qui se trouvait au-dessus du grenier… sauf le toit ! Il était sûre-ment sur la bonne voie !

Jared déboucha dans une petite pièce très lumineuse. Entièrement vitrée, elle donnait sur un toit en ardoise abîmé et effrité par endroits.

Le garçon apercevait le break familial devant la porte de la maison. Il voyait même le garage et la grande prairie qui menait aux bois. Il conclut qu'il devait se trouver dans la partie de la maison entourée de l'espèce de balustrade. C'était un endroit fa-bu-leux ! Même Mallory serait impressionnée quand il l'emmènerait ici. Cela l'aiderait à penser à autre chose qu'à ses cheveux. Peut-être qu'elle détesterait moins la maison, après.

La pièce était presque vide. Pour seule décoration : un vieux coffre, un petit tabouret, un phonogramme et des rouleaux de tissu aux couleurs fanées.

Jared sortit le poème de sa poche et le relut.

C'est comme le torse d'un homme,
et c'est là qu'est caché mon secret.

Ces vers-là le dérangeaient particulière-
ment. Il n'avait pas très envie de tomber nez à
nez avec un cadavre (ou quelque chose qui y
ressemblerait), même s'il devait dénicher là un
truc hyperclasse.

Les rayons éclatants du soleil qui striaient la
pièce le rassurèrent un peu. Dans les films, il

n'arrivait rien de bien dangereux tant qu'il faisait jour. Mais on n'était jamais trop prudent… Devrait-il d'abord aller chercher Simon ? Hum ! Si le corps qu'il était peut-être sur le point de découvrir ne dévoilait aucun secret, il aurait l'air malin ! Et si le poème n'avait rien à voir avec la mésaventure de Mallory… il serait carrément ridicule !

Ne sachant que faire, il s'agenouilla devant le coffre. Il entreprit d'ôter la saleté et les toiles d'araignées du couvercle. Le cuir était usé, les attaches métalliques rouillées. Jared décida d'y jeter un œil. Avec un peu de chance, il allait dénicher dans ce coffre un indice… pour comprendre les autres indices !

Et c'est alors qu'il repensa au poème :

> *C'est comme le torse d'un homme,*
> *et c'est là qu'est caché mon secret.*

Il se souvint que, d'un homme qui avait beaucoup de souffle, on disait qu'il avait du coffre. Donc, « comme le torse d'un homme » avait de bonnes chances de désigner… le coffre !

Il inspira profondément et souleva le couvercle.

Déception ! Jared ne découvrit que de vieux vêtements rongés par les mites. En dessous, un grand collier ; un couvre-chef en lambeaux ; une sacoche de cuir pleine de crayons bizarres et de bouts de charbon. Pas le moindre indice à se mettre sous la dent. Encore un peu, et il devrait se rendre à l'évidence : il avait déliré. Le poème n'avait aucun rapport avec la mésaventure de Mallory.

Jared le relut une dernière fois avant d'abandonner. Il avait cru résoudre deux énigmes. Les premiers vers – « C'est comme le torse d'un homme, et c'est là qu'est caché mon secret » – lui avaient donné à croire qu'il y avait quelque chose à trouver dans le coffre. Les suivants – « De ma gloire vous ouïrez parler, car rien ne la dépasse, ou presque ! » – pouvaient signifier que la clef de l'énigme se cachait dans cette pièce-ci.

Finalement, seul un vers restait mystérieux :

Puisque le vrai est dans le faux...

Qu'est-ce donc qui était *faux*, dans cette situation ? Jared réfléchit un moment. Et il comprit. En tout cas, il avait une idée !

Pris de frénésie, il vida le contenu du coffre sur le plancher. Et rien ne vint. Pourtant, il était persuadé que *le vrai* coffre aurait dû *être dans le faux* ! Il n'y avait pas d'autre explication. Aussi s'obstina-t-il. Il tapota le fond du meuble, mais celui-ci ne sonnait pas creux. Il plaça ses doigts sur le côté droit. Rien. Sur le côté gauche…

Ouiii ! Victoire !

La paroi s'effaça, révélant un compartiment secret. Le *vrai* coffre. Jared glissa une main à l'intérieur et ramena un paquet assez lourd, enveloppé dans un linge crasseux, serré par une ficelle.

Il arracha cet emballage, et découvrit un vieux grimoire relié de cuir, qui sentait le papier brûlé. Il lut le titre gravé sur la couverture aux coins cornés :

Le plus étrange, c'était le sujet du livre...

LE GUIDE ARTHUR SPIDERWICK
DU MONDE MERVEILLEUX QUI VOUS ENTOURE

C'était sans doute cela, la «gloire» dont parlait le poème : le grand ouvrage d'Arthur Spiderwick !

En ouvrant le livre, Jared remarqua qu'il était illustré de nombreux dessins à l'encre et qu'il n'avait pas été très bien conservé : à certains endroits, les pages étaient jaunies et abîmées par l'humidité. Le garçon les tourna rapidement, en jetant des coups d'œil sur le texte écrit à la main. Pas très lisible, certes – de vraies pattes de mouche ! – mais l'écriture était la même que celle du poème.

Cependant, le plus étrange demeurait le sujet du livre. C'était un livre sur les fées.

Jared voulait juste continuer sa lecture.

Chapitre cinquième

Où Jared lit un livre et tend un piège

Mallory et Simon faisaient de l'escrime sur la pelouse lorsque Jared les retrouva. La queue de cheval de la jeune fille dépassait de son casque, et Jared remarqua aussitôt que ses cheveux étaient plus courts.

Elle se fendit rageusement et porta une botte imparable. Elle avait besoin de se défouler. Simon n'avait pas la moindre chance de faire bonne figure quand sa sœur était aussi motivée. D'ailleurs, ses parades étaient de moins en moins convaincantes. Placé sur le reculoir, il ne tarderait pas à être acculé contre le garage en ruine. Jared courut vers eux.

— J'ai trouvé quelque chose ! cria-t-il.

Simon releva son casque. Aussitôt, Mallory se fendit et toucha la poitrine de son frère avec la pointe mouchetée de son épée.

— Quinze zéro, conclut-elle. Je t'ai laminé.

— Tu as triché !

— Tu n'as qu'à être concentré !

Simon ôta son casque et grogna à l'intention de son frère :

— Merci ! Non mais, merci beaucoup !

— Désolé, je…

— Normalement, c'est à toi

de te prendre une raclée, le coupa Simon. Moi, je préfère attraper des têtards, figure-toi.

— J'étais occupé ! Ce n'est pas parce que je ne collectionne pas les animaux nullissimes que je ne fais rien de la journée !

— Oh, la ferme, tous les deux ! siffla Mallory en enlevant son casque à son tour. Qu'est-ce que tu as déniché, toi ?

Jared brandit le livre :

— Ça ! J'étais dans le grenier, et j'ai trouvé un livre sur les fées. Les vraies fées. Et elles sont franchement hyperhorribles.

Mallory lui prit le grimoire des mains. Y jeta un œil. Et conclut :

— Un album. C'est un truc pour les bébés.

— N'importe quoi ! protesta Jared. C'est un guide du monde merveilleux, comme… comme il y a des guides des oiseaux – tu sais, pour apprendre à les repérer…

— Tu crois qu'une fée m'a attaché les cheveux au lit, c'est ça ? grogna Mallory. Maman n'est pas de ton avis. D'après elle, c'est toi le coupable. Elle dit que tu fais des choses bizarres depuis que papa est parti.

— Du genre ?

— Ben, te battre à l'école sans arrêt, par exemple.

— Mais toi, tu ne crois pas que c'est moi ! affirma Jared en espérant que sa grande sœur allait acquiescer. Et tu te bagarres tout le temps, toi aussi !

Mallory inspira à fond :

— En effet, je ne pense pas que tu sois assez idiot ou assez courageux pour ça… Je ne crois pas non plus que ce soit une fée. Mais quand je saurai *qui* l'a fait, ajouta-t-elle en serrant les poings, je lui réglerai son compte, vous pouvez en être sûrs !

Au dîner, Mme Grace servit le poulet et la purée de pommes de terre sans un mot. Mallory n'était guère plus bavarde. En revanche, Simon n'arrêtait pas de les assommer avec les moindres détails sur les magnifiques têtards qu'il avait pêchés. Ils se transformeraient bientôt en grenouilles : on distinguait déjà leurs membres, et patati, et patata…

Jared avait vu les merveilles en question. À son avis, ce n'était pas demain la veille qu'elles se transformeraient en grenouilles. Ce que Simon appelait des « membres » ressemblait plutôt à des espèces de boutons !

— M'man, dit-il, est-ce qu'on a un Arthur, dans la famille ?

Mme Grace leva les yeux de son assiette, suspicieuse :

— Non. Pas à ma connaissance. Pourquoi tu demandes ça ?

— Pour savoir. Et Spiderwick, tu as déjà entendu ce nom-là ?

— Évidemment ! C'est le nom de ta grand-tante Lucinda. C'était aussi le nom de jeune fille de ma mère. Mais explique-moi pourquoi tu t'intéresses à ça…

— J'ai trouvé des choses à lui dans le grenier, dit Jared.

Et, aussitôt, il sut qu'il avait donné la mauvaise réponse.

— Dans le grenier ! s'écria sa mère en manquant de renverser son verre. Jared, la moitié du plancher de l'étage est vermoulue ! Si tu marches au mauvais endroit, tu es bon pour la chute jusqu'au rez-de-chaussée !

— Je suis resté du bon côté, la rassura le garçon.

— Il n'y a pas de bon côté à l'étage. Cet endroit est dangereux, et je ne veux pas – vous m'entendez bien, tous ? – que vous alliez y jouer. Surtout toi, Jared.

L'intéressé se mordit la lèvre. Pourquoi, surtout lui ? Il ne dit plus rien jusqu'à la fin du dîner.

— Tu vas lire ce vieux machin toute la nuit ? demanda Simon.

Le garçon était assis par terre au milieu de la chambre. Jeffrey et Citronnade couraient sur l'édredon de son lit ; les nouveaux têtards tournaient en rond dans l'un des bocaux qui ornaient les étagères.

— Et alors ? rétorqua Jared. Ça te dérange ?

À chaque page, il découvrait des informations stupéfiantes. Pouvait-il réellement exister des trolls dans la maison ? des lutins dans le jardin ? des fées dans le ruisseau tout proche ? En lisant le livre, on y croyait ! Aussi Jared n'avait-il pas envie de parler à qui que ce soit. Pas même à Simon. Il voulait juste continuer sa lecture.

— Non, ça ne me dérange pas, mais c'est bizarre, dit Simon. Je pensais que tu te lasserais plus vite. D'habitude, tu n'aimes pas trop lire.

Jared leva les yeux du grimoire. C'était vrai. Des jumeaux, Simon était le plus accro à la lecture. Jared, lui, était plutôt spécialisé en l'art et la manière de s'attirer des ennuis. Il tourna une page :

— Je peux lire. Si je le décide.

Simon bâilla et demanda :

— Tu n'as pas peur de t'endormir, ce soir ? Après ce qui est arrivé à Mallory ?

« Hé ! Regarde ! »

— Non… Hé, regarde ! lança Jared en lui montrant le livre. Ça, c'est un farfadet.

— Un quoi ?

— Un farfadet.

Il désigna une image à Simon. Sur le papier jauni était dessiné un petit homme muni d'un plumeau. À côté de lui apparaissait une silhouette voûtée, également de petite taille, mais armée, elle, d'un morceau de verre.

— Et ça, c'est quoi ? demanda Simon en pointant l'index sur ce mini-monstre.

La curiosité le titillait !

— D'après Arthur Spiderwick, c'est un troll de maison. En général, les farfadets sont serviables. Seulement, quand on les met en colère, ils deviennent fous furieux et personne ne peut les calmer. C'est alors qu'ils se transforment en trolls. À mon avis, il y en a un dans la maison.

Troll de maison

Petites ailes verticales

Porte des
chaussures d'enfant

M'a volé mes lunettes

6 septembre 1909
On m'avait dit que la maison était hantée.
Par contre, j'ignorais qu'elle l'était par
un troll malfaisant !

Extrait du GUIDE d'Arthur Spiderwick

— Tu crois que nous avons dérangé un far-fadet et qu'il a décidé de se venger ?

— Oui. Remarque, peut-être qu'il était déjà méchant avant notre arrivée. Franchement, regarde le dessin du farfadet : il a l'air sympa-thique, pas du genre à vivre dans une maison de poupée décorée avec des cadavres de cafards !

Simon acquiesça en observant les deux images :

— Puisque tu as trouvé ce livre dans la mai-son, tu crois que cet horrible troll est *notre* troll ?

— Je... je n'y avais pas pensé, reconnut Jared à mi-voix. Pourquoi pas ? C'est très possible.

— Le livre explique ce qu'on doit faire pour l'amadouer ?

Jared secoua la tête :

— Non. Mais il dit comment l'attraper. Enfin, pas vraiment l'attraper... Le voir, quoi. Ou avoir une preuve de son existence.

— Jared, dit Simon d'un ton méfiant, maman

nous a demandé de rester dans notre chambre. Si elle apprend que tu as désobéi, elle sera convaincue que c'est toi qui t'es attaqué à Mallory.

— De toute façon, elle en est déjà persuadée. Et s'il y a encore un problème, ce soir, elle croira aussi que c'est moi.

— Non. Parce que je lui expliquerai que tu es resté dans la chambre toute la nuit. Et, au moins, comme ça, nous pouvons être sûrs que rien ne nous arrivera, ni à l'un ni à l'autre.

— Et Mallory ? demanda Jared.

Simon haussa les épaules :

— J'ai vu qu'elle allait se coucher avec son épée. Il faudrait être fou pour oser l'embêter.

— Bon, bon, d'accord… Je lis quelques lignes et j'éteins.

Jared retourna dans son lit et rouvrit le livre. Simon rentra les souris dans leur cage et se coucha en souhaitant bonne nuit à son frère.

Jared continua de lire le grimoire ; et, plus il le lisait, plus il se passionnait pour ce monde étrange de forêts et de ruisseaux, où vivaient des créatures étonnantes, si vivantes qu'il avait l'impression de pouvoir toucher les écailles des sirènes, sentir l'haleine des trolls des marais et la chaleur des forges des nains.

Il était très tard lorsqu'il détacha les yeux de l'ouvrage. Simon dormait profondément. Le sommet de sa tête dépassait des couvertures.

Jared écouta de toutes ses oreilles le vent qui s'engouffrait dans le trou du toit, l'eau qui glougloutait dans les tuyaux. Pas de gratouillement. Pas de cri. Même les bestioles de Simon étaient silencieuses.

Il revint à la page qui parlait des trolls malfai-

Pas un bruit dans la maison...

sants. Selon Arthur Spiderwick, un farfadet en furie pouvait faire tourner le lait, claquer les portes, rendre malades les chiens « et provoquer d'autres joyeusetés similaires », concluait l'auteur.

Jared réfléchit. Simon le croyait. Plus ou moins, mais il le croyait. Mallory et sa mère, non. Elles ne le croiraient jamais. Un vieux livre illustré ne pèserait pas lourd dans la balance. Quant à Simon… c'était son jumeau. Il pouvait bien le croire, ça ne comptait presque pas. Jared devait agir.

Il lut la suggestion du livre : « En répandant de la farine ou du sucre, on a une chance de repérer des empreintes. » Si des traces de pas étaient révélées, peut-être Mallory et sa mère finiraient-elles par se laisser convaincre.

Jared sortit de sa chambre et descendit l'escalier sur la pointe des pieds. Pas un bruit dans la maison. La cuisine était plongée dans la pénombre. Le garçon s'avança à pas de loup sur le sol glacé. Direction : l'étagère où se trouvait le vieux pot à farine.

Il en prit plusieurs poignées et saupoudra généreusement le carrelage. Le piège était un peu nul ! Les empreintes risquaient de ne pas être très nettes. Sans compter que le farfadet furieux ne traverserait peut-être pas la cuisine : jusqu'à présent, il semblait préférer les promenades à l'intérieur des murs.

Le livre était clair sur ce sujet : les trolls de maison étaient des êtres malfaisants. Haineux. Et il était très difficile de s'en débarrasser.

Tant qu'ils n'étaient que des farfadets, ils demeuraient d'aimables petites créatures, toujours prêtes à rendre service contre un simple bol de lait. Et si… Oui, il fallait essayer ! Jared s'avança vers le Frigidaire et mit du lait dans une coupelle. C'était une manière assez habile d'amorcer le piège : en s'avançant vers le lait, le troll marcherait sur la farine, et Jared obtiendrait ses empreintes, donc la preuve irréfutable de son existence !

Pourtant, en regardant la coupelle de lait sur le sol, il eut une drôle d'impression. Il se sentait bizarre et mal à l'aise à la fois. Il se sentait bizarre parce que, quand même, il se retrouvait au milieu de la nuit dans une cuisine froide, pour tendre un piège à une créature à laquelle il n'aurait absolument pas cru quelques jours plus tôt. Et il se sentait mal à l'aise parce que… Eh bien, parce qu'il savait ce que c'était qu'être en colère. Et il savait que, quand on était en colère, on pouvait se lancer dans une bonne bagarre – même contre quelqu'un qui n'avait rien à voir avec votre colère. Or Jared se disait que le troll était peut-être dans cet état d'esprit.

C'est alors qu'il s'aperçut que lui-même avait

laissé des empreintes sur le sol. « Mince ! pensa-t-il, furieux. Je me suis roulé dans la farine tout seul ! » Il allait chercher le balai quand une lumière s'alluma à l'étage.

— Jared ! cria sa mère du haut de l'escalier.

Le garçon sortit de la cuisine aussitôt, la mine coupable.

— Retourne vite dans ton lit ! gronda Mme Grace.

— Mais je… J'essayais d'attraper un…

— Au lit, jeune homme, siffla-t-elle. Immmmmédiatement.

Jared n'avait pas de regret. Même plus malin, son coup fourré aurait eu peu de chance d'aboutir. Il jeta un dernier coup d'œil à la farine qu'il avait semée sur le carrelage et remonta se coucher.

La cuisine était dans un état é-pou-van-table.

Chapitre sixième

Où le congélateur réserve
quelques surprises

C e fut la voix furieuse de sa mère qui le réveilla :

— Debout, Jared ! L'heure des explications a sonné !

— Qu'est-ce qui se passe ? demanda le garçon, encore endormi.

Il repoussa draps et couverture, imaginant qu'il avait raté le bus du collège… avant de se souvenir qu'ils avaient déménagé depuis peu et qu'il n'était encore inscrit nulle part !

— Debout, Jared ! répéta sa mère. Tu veux jouer à celui qui ne sait pas, qui n'est pas

au courant, qui n'a rien vu ? Très bien. Suis-
moi !

Elle l'entraîna dans la cuisine. La pièce était
dans un état é-pou-van-table. Et ce n'était rien
de le dire !

Armée d'un balai, Mallory ramassait les mor-
ceaux d'un pot de porcelaine. Les murs étaient
couverts de chocolat fondu et de jus d'orange.
Des œufs dégoulinaient sur les fenêtres.

Simon était assis à la table. Ses bras por-
taient les mêmes traces bleues que celles que
Mallory arborait la veille. Ses yeux étaient
rouges comme s'il avait pleuré.

— Alors ?

— Je… j'y suis pour rien ! souffla Jared.

Il les observa l'un après l'autre. Ils ne
croyaient pas qu'il avait pu faire ça, quand même !

Il baissa les yeux, désespéré. Et, entre les
pelures d'orange et les céréales renversées, il vit

de petites empreintes de pieds dans la
farine ! Des empreintes de la taille de
son petit doigt. Assez grandes pour
qu'on puisse distinguer le talon et
les orteils.

— Regardez ! Vous voyez,
hein ? Les traces de pas !

Mallory le fusilla du regard :

— La ferme, Jared !
Maman nous a dit qu'elle
t'avait surpris dans la cuisine,
cette nuit. C'est toi qui as dessiné ces empreintes !

— Non ! C'est pas vrai !

— Et s'il n'y avait que les
empreintes… Regarde dans le congélateur !

Simon laissa échapper un sanglot. Leur
mère prit le balai des mains de Mallory et se mit
au travail.

— Maman ! gémit Jared. Pas les empreintes ! Pas les…

Sa mère ne l'écouta pas. En un instant, la seule preuve de son innocence avait disparu.

Mallory ouvrit la porte du congélateur. Les têtards de Simon étaient là. Congelés dans un glaçon. À côté, un mot écrit sur le carton d'une boîte de céréales :

Et c'est pas tous les jours que les souris sourient !!!

Jared ne comprenait pas le rapport. Simon l'éclaira :

— Jeffrey et Citronnade ont disparu.

— Où sont les souris de ton frère ? gronda Mme Grace.

— Aucune idée ! C'est pas moi ! Je jure que c'est pas moi !

Mallory attrapa Jared par l'épaule :

— Je ne sais pas à quoi tu joues, mais je te promets que tu vas le regretter.

« Je...j'y suis pour rien ! » souffla Jared

— Laisse-le, Mallory ! lança sa mère.

La jeune fille lâcha Jared, la mine furieuse. Aucun doute : tôt ou tard, elle s'arrangerait pour tenir sa promesse.

— C'est pas lui, murmura Simon entre deux reniflements. Je suis sûr que c'est le troll.

Mme Grace s'abstint de commenter cette intervention, mais son visage disait tout haut ce qu'elle pensait tout bas : Jared manipulait son frère en l'obligeant à croire à des créatures qui n'existaient pas. Et ça, c'était le pire.

— Sors la poubelle, ordonna-t-elle à Jared. Quant à la suite, je n'ai pas besoin de te faire un dessin, j'espère. Puisque tu as trouvé très drôle de tout salir, eh bien, j'espère que tu vas aussi trouver très drôle de passer ta journée à nettoyer.

Jared baissa la tête. Protester ne servirait à rien. Il n'arriverait jamais à convaincre sa mère.

Plus il insisterait, plus elle serait persuadée qu'il mentait. Il s'habilla sans un mot. Sortit trois gros sacs-poubelle noirs. Les tira jusqu'au portail.

Dehors, le temps était chaud, et le ciel sans nuages. Le jardin exhalait une douce fragrance de pin et de pelouse fraîchement tondue. Mais cela ne réconfortait pas Jared. Loin de là.

L'un des sacs-poubelle se prit dans une branche. Quand le garçon tira dessus, le plastique se déchira. Jared grogna et évalua les dégâts. Le sac s'était à moitié vidé sur le sol. Le garçon entreprit d'en ramasser le contenu et s'aperçut… que c'était celui de la mystérieuse maison dans le mur, décorée d'une guirlande de cafards morts ! Il y avait là les lambeaux de vêtement, la tête de poupée, les aiguilles porte-manteaux, les bouts de miroir… et d'autres éléments qu'il n'avait pas remarqués : un œuf de rouge-gorge brisé et des petits bouts de journal découpés autour de mots étranges («soliloque», disait l'un; «lumineux», disait un autre).

Jared ramassa les trésors du troll et veilla à les mettre à part. Et s'il rebâtissait une maison pour la créature? Peut-être cela l'amadouerait-il. Peut-être que cela la convaincrait d'arrêter ses méfaits. Et peut-être pas...

Le garçon repensa à Simon en train de pleurer ses pauvres (et stupides) têtards transformés en glaçons. Ça ne lui donnait pas très envie d'aider le farfadet. Il aimerait plutôt l'attraper pour lui botter les fesses jusqu'à ce qu'il comprenne qu'il aurait mieux fait de ne jamais sortir du mur!

Il tira les poubelles jusqu'à la pelouse de l'entrée. Puis il regarda les affaires du troll. Incapable de décider s'il devait les brûler ou les restituer, il les rapporta à l'intérieur.

Sa mère l'attendait sur le pas de la porte.

Jared ramassa les trésors du troll.

— Qu'est-ce que c'est ? demanda-t-elle.

— Rien, mentit Jared.

Pour une fois, elle n'insista pas. Enfin, pas sur ce point. Par contre...

— Jared, reprit-elle, je sais que le départ de ton père t'a fait un choc. Ça nous a fait un choc à tous.

Le garçon fixa ses chaussures, gêné. D'accord, son père était parti, et ça l'avait bousculé, heurté, blessé. Mais comment pouvait-on imaginer qu'il y voyait une bonne raison pour mettre la cuisine sens dessus dessous, frapper son frère ou attacher les cheveux de sa sœur à son lit ?

— Et alors ? lâcha-t-il, conscient que sa mère attendait une réponse.

— Alors, il faut que tu arrives à contrôler ta colère. Ta sœur a un exutoire : c'est l'escrime. Ton frère a une passion : les animaux. Mais toi...

— Je n'ai rien fait, maman. Tu crois que

c'est moi à cause de ce qui s'est passé là-bas, au collège, n'est-ce pas ?

— J'avoue que je n'étais pas fière d'apprendre que tu avais cassé le nez à un garçon. Simon ne se bat pas. Toi non plus, tu n'étais pas violent avant que ton père s'en aille…

Jared fixa ses chaussures avec une attention décuplée.

— Je peux rentrer, maintenant ? grommela-t-il.

Mme Grace acquiesça, puis l'arrêta en posant une main sur son épaule :

— Si le moindre incident arrive de nouveau, je serai obligée de t'emmener voir quelqu'un. Nous sommes bien d'accord ?

Jared opina. Il regrettait amèrement d'avoir traité Tante Lucy de vieille toquée. Peut-être lui-même n'était-il qu'un jeune toqué…

« Non ! Mallory ! Pas ça ! »

Chapitre septième

Où l'on découvre ce qu'il est advenu des souris

— Il faut que vous m'aidiez, annonça Jared à son frère et à sa sœur qui regardaient la télévision, allongés sur le tapis, la télécommande à la main.

Jared voyait les couleurs défiler sur leurs visages quand ils zappaient.

Mallory renifla sans répondre. « Bon signe », conclut Jared en serrant son grimoire contre lui. Là où il en était, il estimait que toute réaction n'impliquant pas l'usage des poings (ou de l'épée) était un bon signe.

— Je sais que vous pensez que je suis cou-

pable, dit-il en ouvrant le guide d'Arthur
Spiderwick à la page des trolls. Mais je vous
jure que c'est pas moi. Vous avez entendu le
bruit dans les murs. Et il y a aussi ce… quel-

qu'un qui a écrit sur le bureau quand j'étais dans la bibliothèque cachée. Et les empreintes dans la farine. Et vous vous rappelez la petite maison dans la cuisine ? Vous vous souvenez que vous l'avez vidée ?

Mallory bondit sur ses pieds et lui prit le grimoire des mains.

— Rends-le-moi ! protesta Jared en tentant de le récupérer.

Mallory brandit le livre au-dessus de sa tête :

— Pas question ! C'est à cause de ce bouquin que tout a commencé.

— Mais non ! Tu dis n'importe quoi ! Je l'ai découvert *après* que tes cheveux ont été attachés. Rends-le-moi, Mallory. Rends-le-moi, s'il te plaît.

La jeune fille tenait le livre à deux mains, prête à le déchirer en deux.

— Non, Mallory ! s'écria Jared, la gorge nouée par la panique. Pas ça ! Non !

S'il ne trouvait pas une idée, là, à l'instant, sa sœur allait réduire le grimoire en confettis.

— Attends, Mall'! intervint Simon en se relevant.

Mallory suspendit son geste. Simon reprit:

— Pourquoi as-tu besoin de notre aide, Jared?

Le garçon inspira à fond et se lança:

— J'ai réfléchi. Peut-être que le farfadet est furieux qu'on lui ait détruit sa maison. Donc, on pourrait lui en reconstruire une. J'ai récupéré les choses qu'on avait jetées, et je les ai mises dans un abri pour oiseaux que j'ai trouvé au grenier. Je me disais que… qu'il y avait une chance pour que le farfadet soit un peu comme nous. Obligé d'habiter cette maison. Sans vraiment l'avoir voulu. Peut-être que c'est aussi ça qui l'énerve, et donc…

Mallory le coupa:

— Bon, avant que je me décide, dis-nous clairement ce que tu attends de nous.

— Je veux que vous manœuvriez le monte-charge. Je comptais installer la nouvelle maison dans la bibliothèque secrète. Là-haut, elle serait en sécurité.

— Montre ton abri pour oiseaux, ordonna Mallory.

Avec Simon, elle suivit Jared dans l'entrée, et il leur désigna l'objet. C'était un abri en bois à peine assez grand pour accueillir un corbeau. Jared l'avait réaménagé à la manière de la maison dans le mur. Il l'avait meublé à l'identique (hormis les soldats de plomb… et la guirlande de cafards) et avait tapissé les murs de journaux, auxquels il avait ajouté des images découpées dans des magazines.

— Tu as piqué ça dans les vieux magazines de maman ? s'informa Simon.

Jared acquiesça.

— Tu as bien travaillé ! reconnut Mallory.

— Alors, vous allez m'aider ?

S'il avait osé, il aurait réclamé le livre d'abord, mais il ne voulait pas prendre le risque de braquer à nouveau Mallory. Celle-ci consulta Simon du regard.

— Mais c'est moi qui passe le premier, l'avertit Simon.

— D'a… d'accord, dit Jared après une hésitation.

Les enfants se faufilèrent en silence devant le bureau où leur mère téléphonait aux artisans du coin pour qu'ils viennent faire des réparations urgentes. Une fois dans la cuisine, Simon murmura :

— Tu crois que mes souris sont en vie ?

Jared ne sut quoi lui répondre. Il pensa aux têtards transformés en glaçons. Il aurait dû dire « oui » pour être certain que Simon allait participer à son projet. Mais il ne voulait pas mentir à son frère.

Celui-ci se décida malgré le silence de Jared. Il plia les genoux et entra dans le monte-charge. En quelques secondes, Mallory le hissa dans le conduit. Simon poussa un petit cri lorsqu'il commença de s'élever. Puis plus rien, même après l'arrêt du monte-charge.

— Alors, tu prétends qu'il y a un bureau, là-haut, dit Mallory. Avec une bibliothèque.

— Oui. Si tu ne me crois pas, tu n'auras qu'à demander à Simon quand il redescendra.

— Et la pièce est d'une taille normale ?

— Oui.

— Donc il doit y avoir un autre moyen d'y accéder.

Jared mit un moment avant de comprendre où elle voulait en venir :

— Un passage secret ?

— Peut-être.

Le monte-charge redescendit. Jared y grimpa, sa petite maison de troll sous le bras. Mallory le fit monter à son tour. Le voyage fut bref. Cependant, Jared fut très soulagé d'arriver dans la bibliothèque. Simon se tenait au milieu de la pièce, stupéfait.

— Tu me crois, maintenant ? dit Jared en souriant.

« C'est trop bien ici ! »

— C'est trop bien, ici ! Regarde tous ces livres d'animaux !

Jared réfléchissait au passage secret. Il devait exister une porte dissimulée… Pour cela, il fallait déterminer quelle partie de la pièce donnait sur le couloir.

— Mallory pense qu'on peut arriver ici autrement qu'avec le monte-charge, expliqua-t-il à son frère.

Simon s'approcha. Le mur que contemplait Jared était occupé par une bibliothèque, une armoire de rangement et une grande peinture qui représentait un homme à besicles, assis très droit dans un fauteuil vert. Était-ce Arthur Spiderwick ?

Les deux garçons déplacèrent le tableau. Mais celui-ci ne dissimulait qu'un mur banal.

— Peut-être derrière les livres…, suggéra Jared en s'emparant d'un volume intitulé

*Mystères des champignons, merveilles mycolo-
giques.*

Simon ouvrit les portes de l'armoire.
Elles donnaient sur la penderie située
en haut des marches.

Quelques minutes plus tard, Mallory
inspectait à son tour la pièce.

— C'est flippant, conclut-elle.

— Personne ne connaît l'existence
de cette pièce, rappela Simon, ravi.
Sauf nous…

— … et le farfadet,
précisa Jared.

Il accrocha la mai-
son du troll à une applique

murale. Mallory et Simon l'aidèrent à rendre la mini-habitation aussi coquette que possible. Chacun y ajouta un objet : Jared un gant bien chaud – pour faire un sac de couchage ; Simon une petite coupelle dont il s'était servi une fois pour donner à boire à un lézard ; et Mallory – qui avait dû croire Jared puisqu'elle avait prévu quelque chose – sa médaille d'escrime avec le ruban bleu autour.

Quand ils eurent fini, ils regardèrent le résultat, satisfaits : ils avaient rebâti une jolie petite maison.

— Laissons-lui un mot, suggéra Simon.

— Un mot ? répéta Jared, étonné.

— Oui !

Simon ouvrit les tiroirs du bureau, et y dénicha un papier, une plume et une bouteille d'encre.

— Hé ! Vous avez vu ça ? lança Jared en désignant sur le plan de travail une aquarelle qui représentait un homme et une petite fille.

Sous le dessin qu'il avait aperçu la première fois qu'il était venu dans la pièce, une légende au crayon, à moitié effacée : « Ma chère fille, Lucinda, quatre ans. »

— Arthur était le papa de Tante Lucy ? s'étonna Mallory.

— Il faut croire…, opina Simon en faisant de la place sur le bureau pour y écrire.

Mallory lui prit la plume des mains :

— Je m'en occupe. Vous mettriez des heures à écrire. Vous n'avez qu'à me dicter.

Elle ouvrit la bouteille d'encre et y trempa sa plume.

— Cher farfadet…, commença Simon.

— Tu crois que c'est assez poli ? s'inquiéta Jared.

— Trop tard, trancha Mallory. De toute façon, je l'ai déjà écrit. Après ?

— Nous nous excusons d'avoir abîmé ta maison, continua Simon. Nous t'en avons construit une autre. Nous espérons qu'elle te plaira et que, même si elle n'est pas parfaite, tu arrêteras d'être méchant avec nous. Surtout, si c'est toi qui as Jeffrey et Citronnade, fais bien attention à eux. Elles sont franchement extra, ces souris.

— Et voilà le travail ! lança Mallory en reposant la plume.

Les enfants mirent le mot devant la petite maison, et ils sortirent de la bibliothèque.

Les semaines suivantes, aucun des trois enfants ne put se rendre dans la bibliothèque secrète, même en passant par la penderie. Artisans et ouvriers investissaient la maison le jour. La nuit, leur mère gardait un œil sur eux… au point de faire les cent pas dans le couloir pour vérifier s'ils dormaient !

Les cours reprirent. Le collège n'était pas aussi horrible que Jared l'avait craint. C'était un établissement de petite taille, mais il n'en comptait pas moins une équipe d'escrime – le rêve pour Mallory ! De surcroît, personne n'avait cherché des histoires aux nouveaux. Et, jusqu'à présent, Jared ne s'était pas fait remarquer.

Les agressions nocturnes avaient cessé.

C'était l'amélioration la plus sensible. Les murs étaient redevenus silencieux. Seule la coupe de cheveux un peu plus courte de Mallory prouvait que toute cette histoire n'avait pas été qu'un cauchemar.

Simon et Mallory avaient autant hâte que Jared de retourner dans la pièce cachée. Ils en eurent enfin l'occasion un dimanche. Leur mère était partie faire les courses, laissant les jumeaux sous la responsabilité de Mallory. Dès que la voiture eut disparu au bout de l'allée, les enfants se précipitèrent vers le placard.

Dans la bibliothèque, rien ne paraissait avoir changé. La peinture était toujours accrochée au mur. L'abri pour oiseaux était encore suspendu à l'applique.

— Le mot ! s'exclama Simon. Il n'est plus là.

Un homme miniature, de la taille d'un crayon...

— C'est toi ? demanda Mallory à Jared.

— Non !

Soudain, les enfants entendirent un bruit étrange. Celui de quelqu'un qui s'éclaircit la gorge. Le bruit provenait du bureau. En effet, sur le plan de travail se tenait un homme miniature, de la taille d'un crayon, coiffé d'un chapeau à large bord. Ses petits yeux étaient noirs comme des scarabées ; son nez était rouge et épaté. Il ressemblait trait pour trait à l'illustration du farfadet sur le grimoire. Il serrait dans sa main deux laisses, au bout desquelles se trouvaient deux souris, reniflant le bord du bureau. Jeffrey ! Citron-nade ! Le petit homme sourit :

— Oui, Chafouin apprécie sa nouvelle
[maison ;
Mais, las ! il vient vers vous pour une
[autre raison.

Jared hocha la tête, interdit. Mallory avait la mine stupéfaite de quelqu'un qui vient de recevoir une grosse claque et n'a pas encore compris ce qui lui arrivait.

Chafouin continua :

— Le guide Spiderwick n'est pas pour les
[mortels.
Il leur montre trop bien que les fées sont
[réelles...
Enfants, brûlez ce livre avant qu'il ne
[vous brûle !
Oubliez ce qu'il dit, jusqu'aux moindres
[virgules.
Qui s'y frotte s'y pique, et, bientôt,
[disparaît :
Accidents et magie protègent le secret...

— Le secret ? s'inquiéta Jared. Le secret de qui ? *Quel* secret ?

Mais le petit homme souleva son chapeau,

« *Enfants, brûlez ce livre !* »

sauta du bureau, atterrit sur la fenêtre ouverte, qu'éclairait un soleil éblouissant… et disparut avec Jeffrey et Citronnade.

Mallory sembla reprendre ses esprits et dit :

— Tu as le livre, Jared ? Montre-le-moi, s'il te plaît.

Le garçon le lui tendit. Il le gardait toujours sur lui. Mallory s'agenouilla et le feuilleta à toute vitesse. Impossible de lire à cette allure !

— Hé ! Qu'est-ce que tu fabriques ? s'étonna Jared.

— Je jette un coup d'œil, murmura sa sœur d'une voix étrange. C'est un gros livre, hein ?

— Ben… oui.

— Et tous ces trucs dont il parle… tu crois qu'ils existent vraiment ? Tu ne trouves pas ça ÉNORME ?

Soudain, Jared comprit ce qu'elle voulait dire. Dans l'absolu, le guide d'Arthur Spiderwick était déjà un *gros* livre. Mais quand on se rendait compte que ce qu'il décrivait existait pour de vrai, on sentait qu'il n'était pas seulement gros. Il était gigantesque. Monstrueux. Spectaculaire. Et, le pire, c'est que les enfants Grace venaient à peine de commencer à le lire !

Fin du
Livre Premier

À propos de
TONY DITERLIZZI...

Né en 1969, Tony grandit en Floride et étudie le dessin et les arts graphiques à l'université. Il ne tarde pas à se faire remarquer comme dessinateur, grâce à *Donjons et Dragons*. Il écrit aussi des séries pour les lecteurs débutants, et illustre des auteurs vedette, dont un certain J.R.R. Tolkien. Retrouvez Tony et son chien Goblin sur www.diterlizzi.com.

... et de HOLLY BLACK

Née en 1971, Holly grandit dans un manoir délabré, où sa mère lui raconte des histoires de fantômes et de fées. Auteur de poésies et d'un «conte de fées moderne» très remarqué, *Tithe*, elle vit dans le New Jersey avec Theo, son mari, et une étonnante ménagerie. Pour en savoir plus, rendez-vous sur www.blackholly.com!

Avis aux fées et gobelins en colère: malgré vos attaques, Holly et Tony travailleront d'arrache-pied pour raconter l'histoire de Mallory, Jared et Simon jusqu'au bout!

Si vous croyez déjà connaître
Les enfants Grace et leur manoir,
Apprenez que vous risquez d'être
Encor surpris par cette histoire...

Si vous croyez qu'au fond de l'eau,
Ne vivent que quelques poissons,
Le prochain tome risque fort
De vous donner quelques frissons...

TROLL

Si vous croyez qu'un gobelin
Est gentil, doux, et rigolard,
Priez pour croiser le chemin
Du mal nommé Tête-de-lard !

TÊTE-DE-LARD

Lisez,

LA LUNETTE DE PIERRE
LIVRE DEUXIÈME

et vous verrez...

Remerciements

Tony et Holly remercient
Steve et Dianna pour leur perspicacité,
Starr pour son honnêteté,
Myles et Liza pour avoir fait le voyage avec nous,
Ellen et Julie grâce à qui tout ça est devenu réalité,
Kevin pour son enthousiasme sans faille et sa foi en nous,
et tout spécialement Angela et Theo
– il n'y a pas assez de superlatifs
pour décrire votre patience
durant les longues nuits passées
à discuter de Spiderwick.

Cet ouvrage a été composé par
PCA - 44400 REZE

et achevé d'imprimer en juillet 2007
par Normandie Roto Impression s.a.s.
61250 Lonrai
N° d'imprimeur : 07-1499
Dépôt légal : mars 2004
Suite du premier tirage : juillet 2007
Imprimé en France

 12, avenue d'Italie
75627 PARIS Cedex 13

Retrouvez les enfants
Grace dans le tome 2

LES CHRONIQUES DE